사랑의 기쁨

이 도서의 국립중앙도서관 출판예정도서목록(CIP)은 서지정보유통지원시스템 홈페이지(http://seoji.nl.go.kr)와 국가자료종합목록 구축시스템(http://kolis-net.nl.go.kr)에서 이용하실 수 있습니다.
(CIP제어번호 : CIP2020000790)

J.H CLASSIC 042

사랑의 기쁨

이복규 시집

지혜

시인의 말

12년 동안 나봉이(코카스페니얼)와 강구(진도블랙탄)와 함께 살고 있습니다.

너희들의 긴 기다림에 애틋했던 딸들을 잊지 말아다오.

사람의 깊은 사랑을 받은 너희들은 영혼이 있어 천국에서 다시 만날 수 있을 거야.

2019년 10월 문동에서

이복규

차례

2부

3부

4부

• 일러두기
한 연이 첫 번째 행에서 시작될 때는 > 로 표시합니다.

1부

연어초밥

연어초밥을 먹을 때는 한번쯤 눈을 감으면 좋겠다

연어초밥을 먹을 때는 숲 속의 그늘에 잠들어 있는 연어를 생각한다

바다에서 강을 거슬러 계곡을 향하여 물살을 가르는 아가미의 거친 숨소리

향나무의 결이 흐르는 붉은 물살

연어의 아가미로 슬픔과 기쁨의 무늬가 들어오고 그대로 선이 된 당신

너와 처음으로 동해로 떠났던 여행, 너의 살결에는 연어향이 났었다

너의 혀는 연어살처럼 부드러웠고 따뜻했다

우리를 실어 나르던 버스는 폐차되었고 냄새를 잃어버린 지 오래

>

다시 돌아가면 우리 그대로 있을까?

넌 밤이 무섭다고 말하고 잠들지 못했지

나무처럼 굳은 너의 살결에는 슬픔의 마디마디가 베여있었어

너 없는 그곳에 산란을 하고 돌아누워야 하는 인연의 등이 차갑다

대형마트 카트에 연어초밥을 담지만 우리의 추억은 담을 수 없다

말빚

법정스님은 돌아가시기 전에 자신의 모든 출판물의 인쇄를 중단하라는 유언을 남기셨다

그것은 말빚 때문이랍니다 말이 빚 받으러, 저 세상에서 괴롭힌다나요

자신의 인격보다 말이 더 큰 인격을 가지고 말은 더 크게 부풀려져 자신을 가리고

말이 더 많은 것을 가지기 위해, 없는 말도 만들어 말을 하고 말이 말을 만들고

말이 말의 힘을 빌려 사람을 비웃기도 한다 말을 만든 사람도 말을 듣는 사람도 멸시하며 돌아다닌다 저기압 주위에 늘 기다렸던 미움을 공급받으며 소용돌이를 만들고 태풍이 되어 쓸어버리듯

나는 절판의 유언이 필요 없는 스스로 절판될 무명시인이다 다만 태어난 빚이 있을 뿐

백제는 쓸쓸하다

하루 종일 컴퓨터 바둑이 유일한 낙인 여든이 넘으신 장인

여든이 넘었다는 말에는 언제나 죽음의 냄새가 난다

중학교 수학여행 때 처음 들어갔던 백제 무녕왕릉은 죽음의 무섭고도 화려한 빛이 가슴을 찔렀다

부여가 고향인 장인어른과의 바둑판에는 언제나 마지막일지 모르는 사석이 누워있다

폐렴이 스치고 간 장인의 깊은 기침소리는 백제의 쓸쓸함이 담겨 있다

장인의 눈빛에는 인생의 무의미함이 언제나 있었지만 결코 나에게 말씀하시지 않았다

장모님은 언제나 기도로 그 답을 대신했다

추풍령 처갓집을 다녀오는 날은 어김없이 바람이 따라와 등을 돌렸다

>

불을 끄고 누우면 아내의 깊은 숨소리가 들려왔다

강물은 스스로 깊어지고 나무는 스스로 꽃을 피운다

다시 돌아오지 않을 수 있는 봄 그림자가 우리 언저리에서 행복이 불행을 불행이 행복을 거울처럼 비추고 있었다

그러다가 또 꽃봉오리가 맺혔다

바다는 푸르다

내가 이 배를 왜 탔을까?

갑자기 이 질문을 배가 떠나고 난 뒤에 물었다면

배를 돌리지 못한다면

스스로 답을 만들어 체면을 걸고 처음부터 목적이 있었던 것
처럼

혹은 물에 뛰어들거나 구명조끼나 구명튜브는 필요 없는 사람
처럼

그러나 이미 육지에서 너무 멀어졌다면

그래도 푸른 문신을 새기듯이 파문을 일으키며 미안하다는 쓴
웃음을 보내며 고개를 끄덕이며 모든 책임은 나에게, 뛰어 내린
다

나는 다른 배를 타야 하는 이유와 목적지가 있는 사람처럼

>

또 다른 배를 기다리며 지쳐 점점 가라앉으며

갑자기 내가 왜 태어났을까 이런 생각이 든다면

함께 배를 타고 있었던 그 사람도 가슴에 멍이 들어 뛰어내리는 소리가 들린다면

바다가 푸른 이유

조막발의 소년

강을 건너야만 하는 누우 떼, 무리를 위해 스스로 악어에게 밥이 되는 누우 한 마리, 넌 태어날 때 우리를 위해 다리를 절었지

우물은 조금씩 조금씩 샘솟는 것으로 빛나고, 바람이 낮은 곳으로 향하여 불고 물이 낮은 곳으로 모여들어 누군가의 희망이 된다

우울이란 스스로 물이 마른 상태의 우물이다

주세페 데 리베라가 그린 '조막발의 소년'은 장애를 가진 발로 사람들이 즐겨 찾는 산등성이를 올라 구걸을 하면서도 푸른 하늘을 배경으로 환하게 웃는 얼굴, 결핍이 만들어 낸 그 입가에는 하나님의 미소가 함께 웃고 있었다

구름이 낮은 곳을 향하여 채워지고 바람이 분다

바람이 불어온다 이만하면 늘 완벽한 결핍이다

우물이 조금씩 조금씩 샘솟아 빈곳을 채워가며 출렁인다

귀뚜라미

 귀뚜라미 마당에서 놀다가 열린 문으로 집 안에 들어왔다, 마당에는 밤새 가족을 찾아 애타게 울어 쌓는 귀뚜라미들, 따가워 귀가 따가워 귀를 모아 소리를 따라가니 화장실이다, 화장실에 들어서자마자 울음을 딱 그친다, 별빛 쏟아지는 마당 눈물천지 너를 찾는 울음 가득하다 울어야 산다 울어야 산다 울어야 할 때 울지 못하면 사랑이 멀어진다 실컷 울고 나면 슬픔이 말라 사랑이 샘솟듯, 말보다 눈물로 마음을 전할 때 가슴 뜨거워진다 눈물이 전이 되어 눈물이 더한다 울어라 귀뚜라미야 너를 찾아, 온 우주가 같이 울어주는 저 울음의 짝을 향해 통곡의 벽을 향해 울어라 귀뚜라미야

백일홍

뼈 마디마디 갈라진 손 모으고, 땅이 무릎을 꿇고 하늘을 부른다 신이 어디 있냐고 툴툴거렸던 한때, 막다른 골목에 서면 저절로 기도하게 된다는 것을 알았다

간절함이 꽃을 피운다 우리가 그랬다 붉은 색이었다 우리가 손만 대면 모든 것들이 붉은 색이었다

시간이 흐르나요?
공간이 무엇인가요?

추억이란 사랑을 잃고 방황하는 시간이지요 추억이 없는 목마름이 지금 우리의 사랑 우린 늘 가뭄이었지요 무릎 꿇고 당신 부르면 두 손 모으고 제 곁에 피어있었죠

아! 비가 내리는 장마에도 목마름이 우리였죠 꽃잎이 떨어지는 그해 여름, 우린 함께 비를 불러 가을을 기다렸죠 긴 여름 백일홍이었던 당신

아침풍경

부엌에선 눌은밥 끓는 소리가 밤을 점령했던 고요를 지워가고 뚜껑이 쿨럭쿨럭 기침을 한다, 김들이 모락모락 피어오르며 냉기의 등을 두드리며 감싼다

고 3인 둘째 딸은 벌써 목욕을 끝내고 머리를 말리고 하루를 정갈하게 빗어 내린다, 욕실의 더운 입김이 거실로 나와 뻐근한 목을 뒤로 젖히며 기지개를 켠다

거실 밖에는 밤을 새운 강구가 컹컹컹 새벽을 쫓아낸다, 꼬리에 아침공기를 적셔 구석구석 마당을 쓸고 있다

큰 딸의 피아노소리가 어둠의 빛과 흰 빛을 가지런히 정리할 무렵, 부엌에서 압력전기밥솥이 묶였다 풀린 개들처럼 헉헉거리고, 식탁 위에는 두 손을 모으고 주인에게 아침인사를 건네는 수저들, 우리는 고개를 숙이고 또 숙이며 따뜻한 국물을 넘긴다, 밤새 고인 슬픔도 함께 넘어간다

금붕어는 눈물을 흘리지 않는다

　어항에 갇힌 금붕어는 인간이 자신처럼 물속에 있다고 생각한다 하루 종일 꺼지지 않는 어항의 불빛처럼 그들도 잠들지 못한다 금붕어는 눈을 감지 않는다 인간의 눈은 늘 충혈되어 있다 물속에 눈물이 눈물 속에 물이 녹아, 눈물이 마르지 않는 여기는 화이트홀 슬픔의 바다 그러나 아무도 눈치 챌 수 없다 아무리 발버둥 친다 해도 죽음마저도 선택할 수 없는 지상의 끝 해가 지지 않는 섬, 뜬 눈으로 그리워해도 당신에게 갈 수 없는 여기는 생의 부스러기가 주검처럼 떠다니는 세상, 아무리 외쳐도 소리 하나 건너갈 수 없는 단단한 물의 화석에 결박당한 입, 눈물을 더하고 더해 넘쳐 바닥에서 팔딱팔딱거리는 꿈을 꾸다 일어난 아침, 다시 물속으로 출근한다 사랑을 잃어버린 지 오래 살아있다는 것이 부끄러운 사각의 링에서 한 숨을 쉰다, 물 위로 거품이 보글보글 오른다

평균

남사당 줄타기 어릿광대가 하늘님과 재담을 주고받는다 간당간당 넘나드는 이승과 저승 사이 어제와 내일 사이의 균형, 출근과 퇴근 사이 긴장

악착같이 평균을 벗어나기 위해 몸부림치는 시험의 가운데 죽이고 죽이는 디지털의 시간들, 평균율이 사라져 버린 여기는 대한민국

평화모텔에서 평균을 벗어나지 못한 이십대 젊은이 4명이 평화롭게 잠들었다 인간의 평균 수명을 거부하고 비로소 평균을 벗어난

표준 분포곡선에서 극도로 평균을 벗어난 우월이 만들어낸 우울의 시대

당신은 하루에 몇 시간을 자나요? 당신은 하루에 몇 끼를 드시나요? 당신의 집은 몇 평인가요? 당신의 통장에는 돈이 얼마인가요?

남들처럼 하다가는 남들에게 짓밟힌다, 남들처럼 하며 어울

렸던 옛날로 돌아갈 수 없는 빛의 속도로 진화하는 5G시대

당신의 비밀번호는? 홍채 좀 빌려주세요 지문이 찍히지 않아
요 다들 폰 페이를 쓰고 있는데 아직도 카드를 쓰시나요?

사랑 혹은 미움

타인의 부도덕함을 알면서 '그'를 사랑하기는 쉽지 않다

'그' 사실을 잊어버리거나 모르기를 바란다 누군가의 부도덕
함을 미워한다는 것은 나의 부도덕함에 대한 회피 혹은 숨김이
기도 하다

문득 '나'는 나의 부도덕함을 잘 잊고 산다는 것을 알았다 그래
서 나를 아직도 사랑하고 있다 혹은 다른 사람이 나의 부도덕함
을 모르거나 이해해주기를 바라거나 잊어주기를 바란다 쉽지 않
다

어디까지 너를 미워해야 하는가?
어디까지 나를 사랑해야 하는가?

사람을 만난다는 것은 복잡한 감정을 스스로 감당해야 한다는
것을 전제로 하며, 스스로 거부하고 홀로 되는 것은 쉽지만 고립
의 늪에 빠지기가 쉬워 선택이 쉽지 않다

꿈이란 불가능할수록 이끄는 힘이 크다 그 사람에게 꿈이 있
는지, 꿈이 있어야 하는지, 나쁜 꿈이라면, 그 꿈이 악몽의 시작

인지 가늠하기는 쉽지 않다

　사람을 변화시키는 가장 무서운 힘은 자신이 되고 싶어하는 욕망의 크기이다 욕망이 강할수록 욕망은 비뚤어지고 욕망이 없는 것이 욕망이기도 하여 욕망을 규정하기란 쉽지 않다

　당신을 사랑하거나 미워하거나 하는 그 힘은 바로 나를 사랑하고 미워하는 힘과 비례한다 나는 당신을 사랑한다 나는 당신을 미워한다 오늘은 비가 내린다 강풍도 불고 있다 내일도 비가 내린다고 예보가 되어 있다 요즘 일기예보가 잘 맞는다는 생각을 한다

확률과 통계

운전을 하다보면 졸음운전 사고 사망률 90%라는 팻말을 만나게 된다

우리의 삶은 언제나 그 확률의 일부이다

살아남은 10%와 죽은 90%의 쓸쓸함은 동일하다

차를 몰고 있는 순간은 10%와 90%의 확률 안에 존재한다

나는 10%였던 운전자였지만 다시 90%가 될 가능성이 있는 공포를 결코 벗어날 수 없다

뉴스를 오르내리는 말도 되지 않는 사고가 나에게 일어날 확률은 얼마나 될까? 나는 그 사고에서 살아남을 것인가? 길 가던 행인을 덮친 자동차, 그 행인, 누구의 아들, 누구의 아버지일까? 그 누구의 아들의 아버지는, 그 누구의 아버지의 아들은 통계의 일부분이 된다

자살하기 위해 과속으로 달리다 살아남은 사람은 과연 확률에서 이긴 것일까? 진 것일까? 통계의 숫자가 된 사람들에게 감사

해야 할까? 두려워해야 하는가?

차를 바꿨다, 여전히 확률을 벗어날 수 없다

졸음운전 차량이 인도로 돌진하고 운전자는 살고 행인은 그 차에 죽었다 졸음운전 차량에 치여 살아날 확률과 통계는?

제발

'쥐뿔도 없다'는 말은 '쥐불'에서 나왔다는 어원설이 있다 쥐의 불알은 있는 듯 없는 듯하다는 뜻에서 만든 말이다

나는 참나무라는 나무가 있는 줄 알았다 떡갈나무 신갈나무 졸참나무 갈참나무 굴참나무 상수리나무를 통칭하는 말이라는 것을 몰랐다—잎의 크기와 무늬만 봐도 구별이 가능하다는 누군가가 신기하다— 참나무과의 열매를 도토리라 부른다 열매의 이름이 나무의 이름이 아닌 경우는 드물다, 이십 년 넘게 같이 산 아내는 나의 이름을 부르지 않는다 나는 아내가 뭘 사고 싶어 하는지 모른다 쌍둥이를 가진 부모는 숨소리만 들어도 누군지 안다고 하는데, 쥐불

한 달이면 10일을 결석하거나 지각과 조퇴를 반복하는 너, 무엇을 좋아하는지 무엇을 할지 제대로 알지도 못하는 아이들에게 줄을 세워 경쟁시키는 공부만 하라고 다그치는 어른들, 쥐불

밤새 죽음 가까이 서성거리다가 온 너에게 생각 좀 하고 살자며 야단쳤다, 쥐불

가출

집을 떠난다는 말에는 먼 산을 향하고 있는 시선이 숨어 있다

무협영화에서 칼집을 벗어난 무사의 칼은 스스로가 무서운 칼과 적을 두려워하는 손이 함께 떨려 소리가 울린다

새들은 집이 없다 머무는 순간 삶이 없기 때문이다

시들의 집을 만들고 다시 펼쳐보니 부모님이 떠난 집에 들어서는 순간 같다 집요하게 들어가려는 문, 끝내 열리지 않았던, 그 좁은 구멍에 끼여 숨을 쉴 수 없었던 아버지의 집, 다시는 돌아오지 않을 것처럼 떠났던 그 집, 다시 들어서는 순간처럼 낯설다

시들이 숨을 수 있는 집들을 마련한다는 것, 시들이 옹기종기 모여 있는 집으로 들어서는 순간 마중 나온 시들의 손은 쓸쓸하다 나를 낯설어 하는 시들

아이들이 떠난 집에서 아이들의 웃음소리를 들고 와 비추는 겨울 거실의 햇빛들

>

시들이 원치 않는 집을 지어놓고 시집을 가출하는 시들을 생각하며 다시 시를 쓸 수 있을까?

새로움의 재발견

오늘이 처음이지?
나도 처음이야

십대의 너에게도
나이 든 나에게도
처음이긴 마찬가지지

조금은 두려워
잘해 낼 수 있을까?

매일 만나는 오늘이지만
여전히 서툴고 설레지

오늘은 처음이자 마지막
후회 없이 잘해 낼 수 있을까?

어제와 다른 오늘을 꿈꿀 거야
조금 더 친절하게 부드럽게 미소 지으며

너무 겁먹지 마
처음 이 길을 걷는 우리들이 있잖아

생명의 은인

정진규 시인은 나를 여러 번 살리셨다 대학교 2학년 때 그동안 써 온 습작시 두 권을 드렸는데 쓰레기통에 버리면 된다고 하셨다, 결혼식 주례를 부탁하러 인사동 현대시학 사무실에서 선생님은 아내에게 시를 쓴다며 직장을 그만둔다고 하면 헤어지라고 하셨다, 꿈은 언제나 멀리 있어 밤길을 걸을 때 '별들의 바탕은 어둠이 마땅하다'고 가슴에 새겨 주셨다, 세상의 쾌락에 빠져 있을 때 '이별'로 경계에서 서성거리는 인간됨을 가르쳐주시며 집으로 눈을 돌리게 하셨다, 시간은 가는 것이라며 '몸'의 진실됨을 잃지 말라 하셨다, 내가 별 볼 일 없는 시인이 되었을 때도 『현대시학』에 부끄러운 시를 실어주시며 시 같은 거 별 거 아니라고, 아니라고 하시며 정작 당신은 숨이 다할 때까지 시를 살리셨다, 그런 그가 떠났다 시만 남기고 시의 몸만 남겨놓고, 어쩔 수 없이 죽을 때까지 시를 쓰도록 하시고.

* ' ' 안의 시어는 정진규 시인의 시 제목이거나 시어.

오소리 고기를 먹어본 적이 있나요?

높은 산에 올라 낮은 곳을 보면 100평이나 10평이나 거기서 거기다 삶의 총체적 고통 또한 비슷하여 경중을 가리는 것 또한 의미 없다 모든 삶의 다양성을 평균으로 단순화시켜 결론짓는 것은 현명한 방법일지도 모른다 죽음도 평균율로 접근하면 빠르고 늦음의 개인적 차이에 지나지 않는다 천재지변에 의한 사고나 병사도 자연이 선택하는 필수 불가결한 요소다 평균을 뛰어넘는 행동은 엄청난 에너지 사용을 요구하여, 무리한 운동이나 폭식은 사용 연한을 급격하게 줄이는 공로자다, 과유불급의 지혜는 아름답다 그러나 현실은 언제나 몰입으로 끌고 간다, 쾌락은 몰입의 대가로 얻는 열매다 쾌락에는 한계가 있다 전체를 위한 파동의 끝 한계에 다다르면 아프다, 아픈 어느 날, 위 내시경 검사를 받았다, 위궤양이란다 아픔은 나누면 줄어들지만, 잘못 나누면 자기 절제가 부족한 수준 이하의 불쌍한 눈빛의 주인공이 되기 십상이다 아픔을 나눌 현명한 경청자는 언제나 그렇듯, 어머니, 위궤양을 아내에게 전해들은 어머니, 공감의 일인자 이미 어머니는 위궤양이다, 아니 위암 수준이다 가슴에 구멍 난 어머니의 아픈 위, 오른쪽 어깨 인대가 거의 남아 있지 않아 제대로 힘을 쓰지도 못하는 어머니가, 택배로 보내온 오소리 고기, 오소리 오소리 고기, 위에 좋다는 음식을 입으로 입으로 찾아, 입으로 입으로 얻어, 발바닥으로 발바닥으로 보내온 오소리

고기 눈물 젖은 오소리, 태어나 처음으로 먹는 오소리 고기, 너무나 비리고 맛있어서 슬펐다

페미니즘

어머니 생신이 언제냐고

아내에게 물었다

아내가 모른다고 했다

짜증이 났다

지 부모 생일도 모르면서

왜 아내에게 짜증이 날까

아직도

2부

사랑의 기쁨

효원동에는 김세중(1928-1986) 미술관 '예술의 기쁨'이 있
다, 부부가 함께 살던 집을 기증해 2015년 남편의 미술관을 세
운 것이다, 광화문 사거리 큰 칼 차고 서 있는 이순신 장군의 동
상을 새긴, 조각가 김세중 씨의 아내는 시인이었다 시인은 구십
이 넘은 나이에도 남편을 시처럼 지키고 계셨다, 미술관 마당 수
백 년 넘은 상수리나무 한 그루에는 부부의 정보다 더 깊고 넓은
기쁨 있어 차마 베지 못하고 나무 주위로 미술관을 지었다고 한
다, 시인과 조각가의 사랑이 연하고 연하여 나무 옆에 전시된 기
도하는 수녀상의 쇠마저 나뭇가지처럼 연하고 연하여 부드럽게
흘러내린다, '예술의 기쁨'은 사랑의 기쁨을 이기지 못한다 그녀
의 시는 사랑 때문에 아직 살아 있고 '심장이 아프다', 그것을 '아
무도눈치채지못한다' 아무도 눈치 채지 못한다 아무도 아무도
아무도雅舞道

* 『심장이 아프다』-김남조 시인 17시집 제목.
* 아무도눈치채지못한다-미술관 벽면에 걸린 문구.

가족

외로움에 면역 된 사람들 외로움이 옷이 된 사람들 홀로 죽음을 맞이하고 죽은 지 한참이 지나 발견되는 사람들

관계란 각자의 외로움을 견디다 아무렇지도 않은 것처럼 짧은 미소로 다시 혼자가 되는 변기에 버린 물에 빨려 내려가는 파리처럼 헤어진다

다시 보지 못하는, 탈수기에 빨려나가는 물, 생활비가 통장으로 빠져나가고 가끔씩 잔고를 확인하며 마이너스 통장에서 마이너스 통장으로 옮겨가는 슬픔들의 이삿짐

추억을 공유했던 사람들 조금씩 줄어들고 할 말이 사라지는 즈음 누군가의 부고를 알리는 메시지, 잠시 생각에 잠겼다가 텔레비전을 켠다 전기장판의 온도를 한 칸 올린다

외로움도 익숙해서 더는 쓸쓸함도 없을 무렵 일회용 컵라면에 물을 붓는다 후후 불어가며 뜨거운 국물을 먹는다

지심도

섬들이 사라지고 있다
그리운 것들 사라지고 있다
쉽게 만날 수 없어야 그리움이 된다
나를 사랑했던 그 사람
다시 만날 수 없거나
다시 만나지 말아야 할
그 사람 때문에
잠을 뒤척일 때가 있다
가끔 하늘을 보는 것도
바람에 눈을 감는 것도
비가 내리면
손을 한번 뻗어보는 것도
나무 그늘에서 크게 한 번 숨을 쉬는 것도
그리움 때문이지
그리움의 넓이가
그 사람의 말을 줄이게 하지
말없이 그리워하는 것들
마음껏 그리워하며
떠도는 섬
그 섬에 가면

동백나무에 기대어

말없이 붉게 물들게 되지

개들에 대한 진실

개가 사람을 키운다 어떻게 살아야 하는지 몸소 보여주신다 내가 개보다 똑똑하다는 생각은 불행의 시작이다 불쌍하게 보이거나 불쌍하게 산다는 것의 의미를 모르고 살아갈 때 서서히 개와 닮아가는 것이다

주인 옆에서 궁금하지 않지만 'Y'라는 프로그램을 보거나 아무 도움을 주지 않는 사람에게도 관심을 가져주거나 평생을 철창에 묶여 살아가는 개들을 잊지 않으며, 개들은 웃지 않는다 개들은 다만 울어 존재한다 기억한다

남편과의 잠자리가 부담스러운 아내가 남편을 재우고 비로소 평화 평화에 젖어 자듯이, 혹시나 하며 엉덩이를 남편 쪽으로 향하여 잠이 든다

사춘기를 겪는 나이가 다를 뿐이다 나는 태어날 때부터 까칠했다는 것을 나만 몰랐다 나는 사춘기 없이 그냥 지났다고 생각했는데 행복의 총량은 같다 행복하기 위해 아등바등 거린 시간 제로섬

개는 사람이 자기와 비슷할 때까지 기다리고 기다린다 기다리

다가 먼저 개가 죽곤한다 개들의 죽음을 통하여 천사가 머물다
갔음을 비로소 알게 된다

　개가 사람을 위해 산책을 하고 개가 사람을 위해 밥을 먹고 개
가 사람을 잠재우고 개가 사람을 향해 잠들 때 저녁은 개를 쓰다
듬는다

용서

나를 미워해야 너를 용서할 수 있다

나무들은 나무를 미워하지 않는다 나무가 나무를 용서하는 일이 없다

저들에게 죄가 없다고 말한 골고다 언덕의 그는 자신을 미워했을까?

사랑하는 사람들은 사랑이 무엇인지 모른다

남편을 잔인하게 살해한 그녀는 사랑받고 싶었다고 말했다

어머니는 바람난 아버지를 좀처럼 미워하지 않았다, 사랑이었을까?

내 이름을 바꿨다 어둠 속이 환하다 나를 뭐라고 부르지? 나도 모르는 스쳐간 눈빛 같은 거, 그 눈빛의 잔상이 머물다 사라지는 거

저를 용서하지 마세요 이름을 바꾸었으니까 미워해도 소용없

어요 기억하고 있는 이름이 줄어들고 있네요 오늘 수목원에 갈
까 해요 당신이 누구인지는 몰라도, 웃을 수 있어요? 같이 걸어
갈까요?

　모르는 사람처럼, 용서하기 쉽게

감는다

꽃들이 피지만 다 열매가 맺히지 않고 씨가 더러는 바람에 날리고 비에 젖지만 다 뿌리를 내리지 못한다 누구나 한 번쯤 악착같이 살아 비오는 날 바퀴에 깔려 납작하게 엎드린 개구리를 본일이 있을 것이다 덧없이 열매가 맺히고 싹이 돋는다

죄 아닌 죄 또 꽃이 피고 지고 바람이 부는 어느 날 돌아오지 않을래 눈을 감고 내 안에 까만 별들을 바라보았네 차라리 밤이 좋았어

나도 보이지 않고 너도 보이지 않는 그 밤에 별들과 함께 눈을 감았다가 뜨면 가끔 눈물이 맺히기도 하지 네가 생각이 나서 그래, 너무 힘들어 하지마

어느 날부터 눈을 뜨면 고개를 숙였어 너의 눈을 볼 수가 없어 별들처럼 나는 눈을 감을 때도 눈을 뜰 때도 밤이 되었어 별들 사이 떠다니다가 집으로 돌아와 잠이 들었지

너무나 맑은 하늘을 보면 밤인지 낮인지 구분이 되지 않아 널 만나면 눈물이 먼저 흘러 볼 수가 없어 별이 빛나는 것이 아니라 별들이 울고 있었던 거야 잊히지 않는 선을 그으며

별들은 죽기 전 가장 빛난다고 해

환절기

선풍기를 넣고 온열기를 꺼낸다 집에서 키우는 나봉이(코카스페니얼)의 평균 수명이 12.5년인데 벌써 10년이 되었다 눈빛을 마주치면 가끔 아버지가 생각난다 남자의 평균수명이 80이니 내 나이가 벌써 오십에 가깝다

아침 기온이 영하다 햇빛이 따뜻하다 여름을 견디며 죽는 것이 어려울까? 겨울을 견디며 죽는 것이 어려울까? 나무는 사람의 죽음을 먹고 산다 해마다 꽃들의 수가 늘어간다

뉴스에 관심이 멀어진다 이익을 구하지 않는 자는 싸우지 않는다 식욕과 성욕 중 어느 것이 이길까?

점점 개들이 짖지 않는다 낯선 사람과 소리에도 시큰둥하다 때때로 사료를 먹지 않고 밥을 달라고 한다

한때 나는 택시운전사가 꿈이었다 나는 차만 타면 잠이 온다 졸음운전 사고의 사망률이 90%인데 나는 살아났다 살아서 다시 봄을 맞이하고 여름을 보내고 다시 겨울을 맞이하고

시를 쓴다

>

　나의 시는 여전히 감동이 없어 다만 쓸쓸하고 편안하고 혼자
웃는다

유流월月

하늘을 보며 그늘을 만진다
당신이 멀리 있어 그리움이 흐른다

보여주고 싶지 않은 마음
그늘 아래 묻어 두고
유월을 걷습니다

푸른 잎들이 만들어 놓은
그리움의 핏줄
당신에게 흘러 갑니다

당신 만나고 돌아오는 바람에게
손을 뻗어 봅니다
아무도 모르게 미소 짓는
유월

꽃 피기 전

전선줄 위 참새들이 음표처럼 모여

재잘재잘 노래 부르고 있어요

사이사이 쉼표들이 보이는 아침

혼자 있는 시간의 독백이 따뜻합니다

내가 낯설게 느껴집니다

나를 쉽게 용서했던 일들 부끄러워

손을 모으는 일이 많아졌습니다

비와 바람과 하늘을 향해 고개를 드는 일이 많아졌습니다

집을 나서면 만나는

사람과 사람의 부드러운 간격

당신을 알지 못하지만

당신의 슬픔은 알아요

속삭여 줍니다

한 겨울 보내고 하하호호

새순들에게도 웃어주어요

봄에 대한 예의

슬픔은 기쁨에게 자리를 내어주고

저만치서 손을 흔들어 줍니다

그래요 바람은 구름 미끄럼틀 타고 하늘을 날아요

오늘은 저녁을 굶고

당신만 바라 볼 겁니다

꽃 피기 전 그 보드라운 손으로

저를 쓰다듬는 그 눈부신 순간을……

그 많았던 용들은 어디로 갔을까?

동네 목욕탕을 가면 푸른 비늘을 털며 승천하는 용이며 대나무 밭에 숨어 반짝이는 호랭이 눈이며, 문신을 등에 업고 어깨에 힘이 잔뜩 들어가 있는 독수리 눈빛처럼 레이저를 쏘며 냉탕에서 용트림을 하고 있는 청년들을 만나게 된다

마치 목욕탕에 오기 위해 문신을 한 것처럼 피부 깊숙이 푸른 말뚝을 새긴 그들만의 경계선, 뱃살에 그어진 칼자국이며 불로 지진 원형 화상자국 선 안으로 결코 들어갈 수 없도록

그 많았던 용들은 다 어디로 갔을까? 온 몸에 문신을 새긴 노인들을 만나긴 어렵다 저 세상 동물원으로 갔을까 마치 일생 동안 참회하며 문신을 지우고 또 지워 슬픈 흔적의 그림자만 남은 이무기가 된 노인들이 있을 뿐 그 많았던 용들은 어디로 갔을까

어두운 뒷골목 골방에서 용들과 함께 웅크린 채 살아가는 것일까 그 많았던 용들은 어디로 갔을까? 누구나 한 번쯤 용천지랄들을 하며 살았을 그 젊은 시절

별들이 속삭이는 어느 날

해가 저 혼자 날갯짓하며 사라지거나, 나뭇잎들을 껴안으며 오는 아침에도 비스듬히 바라보는 시간들이 길어졌다

성포에서 해 지는 모습을 바라보며 당신의 어깨에 남은 햇살을 껴안아 손에 슬며시 힘주었던 시간, 당신 손에 깍지를 끼며 가슴에 부벼 빛을 만드는 아침도 있었지만 다시는 안 볼 것처럼 등을 돌리며 누운 새벽, 눈을 떠 어제를 기억하기 싫은 나를 바라보는 시간들,

미워하는 일은 늘 어려워 사소한 잘못이라도 다음 날이면 미안하다는 고개 숙인 글자들을 바람에 실어 보내곤 하였다

전깃줄에 앉은 참새의 숫자가 열두 마리라고 말하거나 오늘은 우리 집 참새들이 어디갔지라고 생각할 때가 많아지며, 가슴에는 새 발자국 요란하였다

집에 오면 보지 않는 텔레비전을 켜놓고 나는 멀리 있는 사람을 그리워하며 추억에 후회와 외로움을 섞어 보듬으며 시간을 보내곤 하였다

>

눈을 들어 먼 곳을 바라보면 밤이 별들이 바람이 달빛들이 함께 하였다 당신이 멀리 있어 시詩들이 가까워졌다

만남에는 오해의 가시가 이별의 말들을 기다리고 있어, 오늘도 홀로 그리워하며 그리움에 불을 피우며 손을 데웁니다 별들이 내 곁에 속삭이는 밤 홀로 웃는 내 입에 숨소리마저도 잠들어 희디 흰 밤

슬픔이 환하다

마약 같은 봄날

집으로 조용히 돌아와 안마의자에 앉아 안마를 받는다 피곤한 봄도 나른하여 같이 드러누웠다

식구들도 없어 끼니도 거르고

나만 모르는 나를, 사람들 속에 버려둔 채 얼마나 똑똑한 척하며 사람들의 틈을 비집고 들어갔던가 마당 가득 울어쌓는 풀벌레들 다가가면 울음을 그치듯, 서로의 약점을 아무도 말하지 않는다 혹은 내가 없을 때만 말한다

간헐적 단식, 간헐적 만남, 당신 없이 살 순 없지만 당신이 없는 때를 기다리는 건, 이면을 몰라도 이면을 느끼는 건 나를 진실하게 만든다 그냥 솔직하자 솔직하기 싫으면 입을 닫고 눈을 마주치지 말고

졸음이 밀려온다

지조를 지키자 보잘 것 없는 나에게 웃음을 짓자 역시 균형이 필요하지 절대라는 말은 거의 거짓이다 가끔 배가 고프고 가끔 배가 고프지 않고 가끔 가끔 자유롭지

\>

봄이 헐떡거리며 공을 향해 뛴다 공중 볼에는 헤딩 슛이야 뜨거운 태양이 이마를 대는 순간 봄도 막을 수 없는 꿈틀거리는 아지랑이

보고 싶은 대로 보지 말고 보이는 대로 보라고 제발 가만히 두란 말이야 봄이잖아

밤이 다가 온다 난감하다 어쩌지 밥은? 아, 이대로 굶기에는 간헐적이 아닌데, 난감한 봄, 봄은 원래 어려운 수학 숙제처럼

천자원天子園

세상을 버린 후배 추모식에 간다

바다 가까운 곳

하늘 가족이 된 그 사람의 집

살아서도 컴퓨터 자판 같은 집을 벗어나지 못하더니

죽어서도 층층이 망자들의 서랍 집

가로세로 20cm남짓한 독방에서 월세 내며 살고 있다

평생 호강시켜 준다는 비릿한 거짓말에 속은

아내도 없이

종일 놀아주지 못해 미안해하던 딸도 없이

뱃속에 든 아이는 보지도 못하고

홀로 하얀 방에 담겨 형광등 불빛에 빛난다

무슨 바쁜 일이 있어 사십도 되기 전에 떠나

연로한 어르신들 품에서 귀염을 독차지 하며,

살아서 살뜰히 사람을 챙기던 그 성격

죽어서도 이 방 저 방 사람들의 사연 사연을

다 들어주고 눈물 닦아주고 나면

아마 쉽게 잠들지 못하리라

밤 새 사연들의 집에서

영원불멸의 꽃들 집집마다 피어

죽어서도 웃고 있는 너의 사진을 보며

나도 한번 웃어본다

눈부신 슬픔의 꽃들에 취해
십이월 초 유난히도 짧은 내 그림자를 밟으며
밤이 오기를 기다린다

마를린 먼로

내가 태어나기도 전에 세상을 떠난, 꽃다운 나이에 삶과 이별한 마를린 먼로

오늘 저녁은 그녀의 치맛바람이 코끝을 스친다

너무나 뜨거워서 쉽게 사라지지 않는 기억, 이십 대의 여름저녁처럼 이런 날은 세상을 떠난 친구들, 멀리 있는 친구들 불러놓고 거나하게 취하고 싶은, 그녀의 얼굴 어딘가 한 점이 되고픈 잠들지 못하는 금요일 저녁

몇 해 전 태국 파타야 카오산거리 노점에서 보았던 휠체어에 앉아 제대로 걷지도 못하는—아흔 살은 족히 넘은—화려한 태국 의상을 입고 맥주를 마시며 담배를 피우던 그 백인 할머니는 아직도 이 세상의 여름을 보내고 있는가?

삶이 두려워 죽음은 더 두려워 오래 전 담배도 끊은 오십의 저녁을 보내고 있는 요즘, 반전이 없는 결말이 드러난 시청률 떨어진 드라마처럼 뜨겁지도 차갑지도 않은 인조가죽 안마의자에 비스듬히 돋보기를 사기에는 서글프고 조금은 불편한 나이가 누워 있다

추석

어머니

말을 하시려다 못하고

하시려다 못하고

추석이 되었다

'영정사진 하나 찍어줘'

'너그들 욕믹일까 한 살이라도 젊었을 때……'

꿈이 부풀고 저물어가는 삭망의 흔적

'벌써요?'

술떡처럼 곱게 쪄놓은 아들들

벌써 헤어지는 일을 생각하는 일이 짠해

>

막걸리 한 사발 둥글게 말아 넘긴다

어머니를 만나고 돌아오는 일은

늘 마지막이다 몇 번이나 눈을 마주하고 손을 놓는다

여름

여름방학 저녁 고3 자습 감독으로 교무실에 앉아 있습니다 해가 뒷모습을 보여주지 않아 놀다가 꾸중 맞고 돌아오는 아이처럼 밤이 느릿느릿 걸어옵니다

수능을 앞둔 아이들의 눈망울은 흔들리고 마치 착륙 전 비행기에 갇힌 승객처럼 가슴이 쿵쿵거립니다

교무실에서 복도로, 처음 땅 끝 마을에 갔을 때처럼, 여기가 한반도의 끝이라니, 어디로 가야하는지. 순간 겁이 났었던 기억, 치과 의자에 앉아 푸른 색 수건이 얼굴에 덮혀질 때처럼 고개를 적당히 숙인 채 걸어 나갑니다

큰딸은 이사 갈 집을 알아보고 있었고, 둘째는 친구와 여행을 떠나고, 아내는 출장을 갔고 우리는 같은 시간과 공간을 사는 게 아니라 다른 공간에서 같은 기억의 방에 머물고 있는 것이지요, 웃고 있는 딸과 피곤해하는 당신의 다리를 주물고 있어요 캉캉 짖고 있는 나봉이도 보입니다

내일 모레 태풍이 올라온다지요 기억 속으로 조금씩 밀어 넣고 있는 눈, 요즘은 눈을 마주치는 것이 힘듭니다 미안해 미안해

미안해라고 웅얼거리고 있는 내 입술

　아직도 해가 완전히 떠나지 않은 여름 밤, 여름이라 그래요,
노을이 중얼거리고 있습니다

직업병

"삶의 궁극적 목적은 무엇일까요? 고대 그리스 철학자 아리스토텔레스는 삶의 궁극적 목적을 행복이라고 했다 알겠니?"

"선생님! 행복이 무엇입니까?"

"일단 행복의 정의와 개념을 분석하고, 중요한 건 시대에 따라 상대적이기 때문에 시대적 상황을 결부시켜 이상과 현실 사이의 괴리에 대한 차이를 직시하며 삶의 본질적인 고통의 이해와 구조적인 고통을 이기는 지혜가 행복을 이해하는 것이 가장 중요한 요소가 될 수 있다, 음~"

행복을 가르치는 수업은 시지프의 근육처럼 굳어 있다 산 정상을 향해 포기하지 않고 돌을 굴려 올리는 시지프의 끈기를 강조한다 행복은 이렇게 완성……?

창 밖 참새들 모여 야유 보내며 손가락질을 한다

자! 놀자 봄이다 야외수업이다!

3부

약속

꽃 진다는 말에는
봄이 떠난다는 말이 숨어 있습니다
꽃 피기 전
당신을 기다리는 마음 얼마나 애틋한지요
피어선 지는 흩날리는 꽃보다
꽃 피기 전 당신 바라보는 마음이 더 붉지요
봄바람 의지하여 부푼 당신의 보드라운 눈망울
애처로워 젖몸살 앓던 내 마음
꽃이 진다는 말보다
꽃 피기 전 당신을 기다리는 마음이 더 붉지요
기약 없는 약속이어도 좋아요
다시 기다리는 내 마음
나의 내일 다 가져가도 좋아요
당신 때문에 오늘 저 햇살 눈부시지요
당신 기다리는 동안
구름이 흐르고 바람이 불고
뿌리마저도 위태로운 날도 오겠지요
꽃 피기 전 당신을 바라보는 그 마음만은 간직할게요
봄이 떠난다는 말에는
봄이 온다는 약속이 숨어 있지요

개인 주의!

개가 사람이 되지 않는다-예외 있음- 설마설마하지만 결과는 마찬가지다

그것을 매번 잊는다, 누가 개인지 구별하는 일은 쉽지 않다, 사람의 형상을 하고 있으므로 쉽게 구별되지 않는다

자신이 개라는 것을 모르거나 자신의 개 같은 부분을 숨기기 때문이다-위악적인 사회보다는 훨씬 낫다, 가끔 드러내는 것은 실수인가 본성인가?-

사람들을 만나는 것이 두렵다 상대방이 개인 것을 알기 어렵고(알아도 힘들다) 내가 생각하면 다른 사람도 나를 보며 비슷하다고 생각하는 버릇이 있다(나이가 드니 개성犬性이 줄어든다 원래 아니었다고 망각하며 미화하고 결국은 자신을 모르는 상태) 그래서 개가 사람이 되지 않는다

누구나 두렵다 결국은 자신이 언제 어디서나 개인犬人 주의 그래서

개들은 저녁을 위해 짖는다 저녁은 개들을 감싸 안는다

고라니 손

자고 일어나니 밤사이
지리산 제석봉이
눈을 불러 따뜻하게 덮고 있다
떠날 이유도 머물 이유도 없이
이틀 동안 스스로 묶여 자유로웠던
장터목 산장을 떠나
서둘러 다시 중산리로 홀로 하산하는 길
하얀 눈 위에 까만 한 쌍의 손자국
한 쌍의 고라니 손
엄마와 아들일까 부부일까
시린 손잡고 먹이를 찾아 나선 길일까
그 광경 마음에 담아
함께 집으로 돌아가는 길
외롭고 따뜻하다
산허리 쯤 개울가
사라진 이정표
뒤따라 올 나를 위해
따뜻한 손들 남겨놓은 너
누구에게나 보이지 않는 손 하나 있어
몇 번이나 미끄러져도 아프지 않은 하산 길

아버지 마음

오십이 넘은 철없는 김씨

구멍가게 평상에 앉아 아버지 앞에서 술주정을 한다

애꾸가 된 트럭의 헤드라이트 빛, 무대 뒤 빛이 들지 않는, 숨
죽이며 살아온 아버지의 눈빛, 잠깐 빛나고 연극의 암전처럼 사
라진다

"아버지가 해준 게 뭡니까"
……

예전에는 온 동네가 다 알고도 남을 아버지 고함소리가 울렸
을텐데

오늘은 왠지 조용하다

고개를 끄덕이며 끄덕이며, 등을 문지르고 문질러서 집으로
돌려보낸다

가슴 속 한편 암을 숨긴 채, 남은 날이 작아 남은 날이 작아, 구

멍가게 가늘게 지키는 불빛 번진다

저 못난 아들, 내가 없으면 누구에게 술주정을 할까, 술주정하는 아들 몇 번이나 더 보게 될까

콧물 빨아 댕기는 소리만 여운을 남기고, 철없던 젊은 시절 연기처럼 사라져

남은 잔을 흔들리며 기울이는

아버지, 아버지……

택배

어머니는 내가 무슨 음식을 좋아하는지 아신다 어머니는 내가
좋아하는 음식 중 아내가 무얼 못하는지 아신다

대개 시간이 많이 걸리는, 사먹는 것과 비교가 안 되는 탱글탱
글한 고소한 묵과 두부, 산초가루와 방아잎을 팍팍 넣어야 제맛
인 추어탕, 추석 무렵 간질간질하면서도 부드러운 토란에 들깨
를 갈아 넣은 토란들깻국, 고향 산청에 많이 나는 달면서도 아삭
한 식감이 어떤 반찬에 들어가도 맛 나는 밤, 밤채깻잎김치, 밤
채아삭이고추김치, 초봄에 나는 정구지는 보약이라며 챙겨주시
던 정구지무침, 정구지땡초찌짐, 초겨울 아버지가 햇볕 좋은 마
당에 앉아 대구아가미를 일일이 다져 넣은 대구아가미깍두기,
진주서부시장 전어철 되면 부탁한 내장을 얻어와 담은 그 고소
하면서 쓴 전어밤젓, 남해에서 갓잡은 돌게에 생강을 넣어 달인
간장을 부어 숙성시킨 등껍데기에 붙은 내장에 밥을 비벼먹었던
돌게장, 손이 많이 가고 마음이 익어 완성되는 음식들이다

당신 떠난 후 못 먹을 것을 아시는 어머니는 택배로 음식들을
보내기 시작하셨다

아내의 눈치를 보며 어머니의 손을 핥으며 눈물과 함께 먹을

때도 있다

　예전에는 우리 집으로 와 정성껏 차린 밥상을 아들에게 내놓
고 당신 집으로 돌아가곤 하셨는데 이제 몸이 허락하지 못해 택
배로 보내고 몇 번이나 받았는지 확인 전화를 하신다

　삐뚤빼뚤 음식들을 어디에 저장하라는 친절한 매뉴얼을 보
며, 흔들린다 눈에서 새들이 떼지어 날아간다 돋보기를 쓰고 한
글자 한 글자 새긴 그 흔들리는 날개가 내 손을 잡는다 아내 몰래

꿈

꿈속에서 세월호를 만났다 아이들이 갑판 위에서 불꽃놀이를 즐기고 있었다 쏟아지는 불꽃 쏟아지는 함성

무슨 일이 벌어질지 꿈속에서 알고 있었다 나 혼자 땀을 흘리고 있었다 불꽃들이 피어오르는데, 이미 젖어 물에 빠진 사람처럼 허우적거리고 있었다

배를 돌리라고, 멈추라고 나는 울고 있었다 꿈이 꿈인지 알고 있다는 것, 희망이 없다는 것을 알고 있다는 것, 나 혼자 울면서 바라보는 그 불꽃들

친구들과 장난을 치면서 깔깔대는 바보들, 그게 아니라고, 아니라고, 목적지가 사라져 버린 내가 서서 아무 것도 할 수 없는 내가

오늘도 출근을 하고 몽롱한 눈빛으로 아이들의 얼굴을 바라본다, 그만하자, 그만!

죽음이 정해진 시간이라면 죽음을 향해 달려가는 어처구니가 없는, 어디에서 정지해야 하는지

\>

　야! 오늘은 선생님이 목이 부어서 말을 할 수가 없다, 자습해,
감기 하나도 이겨내지 못하고 3주째 쿨럭인다

　감기는 내가 언제 가장 약한지 이미 알고 있다, 배에서 가장 먼
저 탈출했던 선원들처럼, 너는 나를 알고 있다, 나만 모른 채

효창원

효창원에는 조국의 독립을 위해 목숨을 버린 3명의 독립투사-백정기, 윤봉길, 이봉창-의 유해가 광복 후 일본에서 기다리고 기다리다 한국으로 돌아와 눈을 감았다

윤봉길의사의 시신은 일본제국 이시카와현 가나자와시의 쓰레기 소각장 가는 길에 13년 간 방치되어 있다가 붉은 눈물과 함께 돌아왔다

그들의 죽음을 무릅쓴 결심을 함께 들었던 사람들의 귀는 멍이 들어 벙어리로 살아온 세월, 효창공원에 아직 돌아오지 못한 의사(안중근)의 묘까지도 만들어 그들을 추억한다

어느 사이 무덤 앞에는 효창운동장을 만들어 축구의 함성으로 채우고, 반공탑을 크게 만들어 갈라지고, 독립투사의 이름 잡풀되어 흔들린다, "나라를 위해 목숨을 버릴 수 있겠는가?"의 질문이 웃음거리가 되어버린 시대, 공원에 주인과 함께 산책 나온 개들이 다리를 들어 영역을 표시한다

효창원을 국립묘지로 승격한다는 발표에 집값 하락을 우려하며 피켓 시위가 벌어지고 "이 따위 나라 지옥이나 가버려"라며 행인들에게 욕을 듣고 있는 무덤, 여기는 헬 조선

껌을 씹는다

출근길 차 안에서 껌을 씹는다 어금니로 질겅질겅 씹으며 껌을 씹으면 기분이 좋다 놀러 가는 기분이 든다

자이리톨 껌을 씹으면 핀란드 자작나무 숲을 걷는 느낌이 든다 씹고 씹고 씹고 씹고 맑아진다

씹고 또 씹히는 열대 밀림 밀고 밀리는 틈 사이로 뱀처럼 혀를 날름거리며 적들의 냄새를 감지하며 껌을 씹는다

때액땍 껌 사이로 공기를 말아 입 안에 터뜨리면 적을 겨냥하여 맞추는 짜릿함, 한여름 쏟아지는 소나기 소리에 픽픽 쓰러지는 저 열들의 시체, 바람소리 훅훅 불며 총을 호주머니에 밀어넣는 서부사나이처럼 나는 껌을 씹는다

차에서 내리는 순간 입 안의 껌은 어느새 단물이 빠진 돌같다 천천히 눈을 빙글빙글 돌리며 사무실로 들어선다 반갑게 인사를 하며

우수리스크 수이푼강가에서

일제시대에 태어났으면 당신은 어떻게 살았을까? 아내가 물었다

수이푼강이 우수에 젖어 흐른다 연해주 우수리스크를 지나는 그 강에는 슬픔도 숨죽이며 흐른다

그가 망명을 했다. 그리고 다시 돌아가지 못하고 이국땅에서 쓸쓸히 떠난 그는 수이푼강에 그의 쓸모없는 육신을 뿌려달라는 유언을 남겼다

식민지를 남겨놓고 떠나는 자신이 무거워. 저 강물처럼 낮게 흘러 기다리는 동해로 돌아갔다

우수리스크 수이푼 강가를 떠도는 말에게서 그의 이름이 들렸다

이름을 잊어버린 그는 이 푸른 초원에서 눈물로 들꽃을 적시고 또 적시고 강물과 함께 흘러갔으리라

고려인역사박물관에서 지난한 역사를 설명하는 고려인 3세,

어여쁜 푸른 눈동자 아가씨, 우리가 여기서 만나다니, 세 살 아이처럼 떠듬떠듬 스스로 놀라며 한국말을 이어가는 아가씨와 젖물리는 엄마처럼 고개를 끄덕이며 눈을 맞춘다

누구에게나 처음 '엄마'라고 불렀던 기억하지 못하는 뜨거웠던 순간처럼, 만남은 오래 전 기다림, 몇 만 년 전부터 우린 약속된 만남이야

사람노릇

좋은 말도 많이 하면 거짓말 같고 사람노릇 잘한다고 자랑하면 사람 아닌 것 같고 믿을 수 없는 세상 혹은 믿을 수 없어 자유로운 우리

소리 없이 흔적 없이 피었다 지고 세상을 아름답게 만드는 저 이름도 없는 들꽃에게 새삼 이름 붙이며 유식한 척 하지 말고 꽃들은 꽃들의 씨를 위해 존재하는 것

남의 실수에 유난 떠는 것도 조심하시게 다 그렇고 그런 것이 인간 아니여?

자기만 모르는 것이 어디 한 두가지인가여! 사람노릇 너무 잘하지마 뭔가 냄새가 나 사는 게 죄여! 우리가 행동하는 모든 것들은 무의식적으로 계산된, 생존의 역할극 주인공들이지

이렇게 좋은 봄날이면 조용히 뒷산 오르는 것만으로 다행이다 생각하며……

민달팽이 꿈

집을 벗어나기 위해 몸부림치는 청소년들, 내 집 마련을 위해 사는 부부들

불이 난 고시원에서 공기마저도 제대로 마시지 못해 사라진 일용직 사람들, 크레인에 둥지를 틀고 고공농성 중인 노동자들, 세상을 집으로 가진 노숙자들, 태어난 것이 부끄러워 집으로 돌아가지 않는 아이들

퇴근이라는 단어가 다리가 풀린 채 지문을 찍는다

집에서 나를 반기는 개들의 기쁨은 늘 지나치다 개들의 시간은 인간의 시간보다 짧아 기다림의 시간은 더 길다 내가 직장에서 견디는 시간보다 홀로 남아 나를 기다리는 시간이 더 견디기 힘들었던 너의 목소리를 들으며 저녁은 개들을 위해 위로의 손을 내민다

해질 무렵 노을이 하늘을 떠나 개와 함께 숲길을 걷는 시간은 언제나 길다

비올 무렵 민달팽이 나뭇잎 위를 걷는다 민달팽이 느릿느릿

윤기 나게 걸어가는 생이 환하다, 이 밤 어디서 잘까? 달팽이와 민달팽이 누가 먼저 태어났을까?

집을 떠난 딸들이 오늘도 무사히 집으로 들어갔을까? 태어난 집보다 각자의 집들이 더 편해졌을까? 엄마가 없는 집에 딸들을 객지에 두고 민달팽이처럼 돌아오는 집

새들이 날 수 있는 이유

바람이 불고 나는 흔들린다
숲이 흔들리며 부드러운 소리 울린다
살아있는 것들은 부드러워 흔들리고
살아있는 것들은 흔들리며 운다

저 숲은 망자들의 집
나무는 살아서 슬픔의 노래 부른다

저 부드러운 위로와 용서의 바람소리 들어 보아라
바람소리는 소리 없이 흔들린다

나는 듣고 있다
나는 지금 부드럽다
나는 고개를 숙이며 눈을 감는다

나무에는 바람이 산다
바람은 새를 지키는 정령
바람이 일렁이면 새들이 운다
숲은 바람의 집
흔적 없이 머물고 있는 유일한 길

>

　새집에는 바람이 잠들어 알을 품고 있다
　새들의 어머니는 바람이다
　새들은 날개에 바람을 품고 태어나
　살아 있는 것들의 머리 위를 날며 운다

　살아있는 것들은 부드러워 흔들리고
　살아있는 것들은 흔들리며 운다

초록이 아름다운 이유

사람들은 나의 무엇을 보고 나를 판단할까? 숨기지만 내가 필요로 하는 것들이 다른 사람들의 눈에 보인다고 한다

돈이 필요한 사람이 돈을 기부하는 이유는 무엇일까? 돈이 필요하지 않은데 돈을 버는 이유는 무엇일까? 돈이 많다는 것을 과시하지 않으며 드러내는 방법은 힘든 일이다

내가 숨기며 사는 것들, 말할 수 없는 것들 드러내며 살 수 있을까? 내가 필요로 하는 것들 말하며 살 수 있을까?

식물이 초록으로 보이는 이유는
광합성을 위해 필요한 색들은 모두 흡수하고
필요하지 않는 초록색만을 반사하기 때문이란다

세상의 모든 죄로 치장한 당신
골고다 언덕을 걸었던 사람
나를 위해 울지 말고
자신을 위해 울라고 용서하셨던
당신

온 몸이 초록이었던 당신의 피

패랭이꽃

세상에서 가장 슬픈 일은 미움과 함께 무덤에 묻히는 일, 용서받지 못하는 사람, 용서 받기 위해서는 용서를 하는 사람이 있어야 한다 영화 '밀양密陽'에 신에게 용서를 구하고, 스스로 용서 받은 사람이 있다 그러나 그 사람에게 용서 받지 못하면 신은 용서하지 않는다

당신은 어디 있나요?

용서받지 못하는 마음에는 가을이 자라고 용서하지 않는 마음에는 겨울이 자란다 용서받지 못하는 슬픔은 슬픔을 낳는다 슬픔의 알들은 투명하다 용서하지 않는 마음에는 시간이 늙어 간다 더 이상 찢을 종이가 남지 않은 달력처럼

잘못인지도 모르고 상처를 주고 용서를 받지도 못하는 슬픔의 십이월, 십자가에 죄 없는 아들의 피 묻은 못을 보며 흘렸던 마리아의 눈물로 피었던 꽃

우린 누군가의 눈물이었어

슬픔이 곱다

여든이 넘으신
기역자로 걷고
디귿으로 주무시는 마디마디 구부러진
장모님이 척추골절로 응급실로 실려가셨다
아내도 응급환자처럼 처가로 떠났다
쉽게 잠들지 못하고 겨우 잠든 새벽 다시 깬다
뻔한 드라마에도 펑펑 울어
아침이면 눈이 퉁퉁 부어있는 여자
장모님이 눈물 많은 딸 제발 울리지 말라고
장가갈 때 신신 부탁하셨는데
하루 연가 내고 같이 갈 걸
후회가 앞서는데
지금쯤 어깨를 들썩일 아내가
비어있는 잠자리
침대도 허전하여 뒤척이며 잠을 이루지 못한다
베개도 일어나 앉아 같이 흔들린다
다시 잠을 청하지 못하고
촛불을 켜고 차를 끓인다
어슴푸레 날이 밝아오고
차를 마시며 붉어지는 하늘을 본다

슬픔이 곱다

가을
― 이남호 선생님께

지리산 농평에서 하룻밤을 보내며 선생님께 갑작스레 물었습니다 어떻게 하면 훌륭한 시를 쓸 수 있을까요?

우리 영혼은 언제나 부질없이 흔들리고 수선스럽다고 세월이 가고 허무가 깊어지신다고 말씀하시며 너마저 훌륭한 시인이 되려냐고……

그냥 넌 시시한 시인으로 남아 있으면 안 되냐고 그러나 누구보다도 시를 사랑하라고, 그렇게 이십 년이 흘렀습니다

그동안 두 권의 시집이 나왔고 저는 시를 잘 쓰지 못하는 시시한 시인이 되었습니다

지리산 농평에서 세상을 고즈넉이 바라보시던 선생님의 모습이 그립습니다 별 볼 일 없는 시를 아끼며 사랑하며 알아주지 않는 시인으로 사는 저를 위해 따뜻하게 웃어주며 너무도 하찮은 저를 부끄럽게 여기며 이 가을 문득

지리산 산행을 하고 싶습니다

숨긴 사진

당신과 헤어진 지 긴 시간이 지났습니다, 여전히 이별의 이유를 찾지 못했습니다, 그 이유를 알아야지만 당신이 용서해 줄 것 같아서—어떠한 이유든 용서받지 못할 것 같지만—이미 내 이름이 무엇인지도 모르는 이름으로 당신의 기억 속에서 사라졌겠지만, 이유도 찾지 못한 채, 너무도 긴 시간이 흘렀습니다 나는 나를 속이고 또 속였습니다, 당신이 싫은 이유를 아무리 덧붙여도 상처는 아물지 않았습니다 후회는 사라지지 않았습니다, 책 깊숙이 넣어둔 사진이 그때 그대로 납작하게 누워 쳐다보고 있습니다

나도 나를 몰랐던 그때의 나와 지금도 모르는 나의 사이의 나는 누구인가요? 옛날의 당신과 지금의 당신 사이에 당신은 어떻게 살았나요?

그 사이의 우리는 누구인가요? 매일 나는 사라지고 사라지지만 그러나 왜 그 기억은 지울 수 없는가요?

기억은 당신과 나의 어디쯤에 있을까요? 우리가 사라지면 그 기억은 어디에 머무를까요?

4부

자동보정

흐르는 물은 시간을 먹으며
저절로 깨끗해지고
나무는 봄이 오면
그 물을 먹고 꽃을 피우나
나는 거울을 보며 가을을 듣는다
스마트폰처럼 자동보정 되지 않는
얼굴은 겨울이다
이제는 거울을 멀리서 바라보아야 한다
사진을 찍을 때도 배경 속 한 부분으로,
새는 멀리 있어 아름답다
마음은 늘 청춘이라던 노인들의 말씀이
다시 새겨진다
아이가 맞이하는 오늘도
노인이 맞이하는 오늘도
누구에게나 공평한 처음이다
처음은 늘 새롭고
그 마음은 영원한 순간순간
나무처럼 강물처럼
새롭게 깊어진다 깨끗해진다
하늘을 바라보는

푸른 나의 눈은 봄이다 봄꽃이다
자동보정 렌즈다

다시 태어난다면

여자로 태어나, 자궁 안에서 너의 잉태된 슬픔을 꼭 껴안아 등을 토닥거려 줄 것이다 네가 태어나도 슬퍼할 겨를이 없도록, 설령 어느 날 세상 일이 그렇듯 너에게 슬픔이 오는 날이면 나는 너의 얼굴을 젖가슴으로 감싸 안아 눈물이 내 살에 닿아 스미도록 안아줄 것이다 슬픔의 슬픔까지도 숨 쉴 수 없도록……내가 여자로 태어난다면 자궁으로 감싸 안아 젖을 물리고 당신은 나의 전부라고, 할 수만 있다면 내가 당신을 낳고 싶다고, 그렇게 고백할 것이다 당신에게 잉태된 슬픔을 꼭 껴안아 당신이 태어나도 슬퍼할 겨를이 없도록, 새가 바람의 알을 품어 바람을 날려 보내듯이……

제물

밤마다 울었다 아니 저절로 눈물이 나왔다

내가 낸 졸음운전 교통사고로 중환자실에 있는 너를 생각하며, 겨우 16살인 너를 혼자 두고, 낮인지 밤인지도 모르는 너를, 아빠라고 부르지도 못하고, 자신이 누구인지도 모르고 있는, 너를……

저절로 눈물이 흘렀다

놀라서 쓰러질 늙은 어머니께 차마 연락도 못하고, 열흘이 지나서야 꿈자리가 이상하다며 하나님께 연락을 받은 어머니가 병원으로 오셨다

밤마다 손녀의 머리를 쓰다듬으며 '저러다가 너그 아빠 못 산다', 온갖 음식들 입에 올린다 알 수 없는 말들 눈물과 함께 올려진다

어머니, 아들 걱정에 저절로……

* 제물(순우리말) : 그 자체에서 우러난 물, 부사 '저절로'의 어원.

남영동에서 악마를 보았다

남영동 대공분실
죽음의 그림자가 이미 수갑을 채우고
낙성대에서 남영동까지 새벽 20여분의 거리를
눈을 가린 채 돌고 돌아 두 시간 만에 도착한
박종철의 숨죽인 숨소리
정문을 뒤로 하고 쪽문 회전계단을 오르고 오르며
두려움도 저벅저벅 따라 오르며 혀를 날름거린다
더듬이가 부러진 개미처럼 흔들린다
공간이 공간을 가두고 가두고
철문과 철문이 닫히는 소리 폭발하고
발가벗긴 채 계단을 오르는 한 마리 짐승
어둠 속에 어둠
어둠 안에 지옥
나도 계단을 오르며 눈물이 나는데

사람이 무섭다 무섭다 사람이

어둠 밖에는 빛들이 산란하며
정의사회를 구현하는 공간이
하나의 문 사이로 넓게 펼쳐져 있는데

이 밝은 아수라의 햇빛들이
숨 막히는데, 살갗을 찌르는데
점심식사를 마친 그들은 일광욕을 하며
이빨에 끼인 고기들을 후비며
웃었겠지 더럽게 웃었겠지

천국에 대하여

스님들이 모여 화투를 쳤다 술과 여자와 함께, 부자가 천국에 들어가는 것은 바늘구멍에 낙타가 통과하기 어렵다는데 목사님이 아들에게 교회를 세습한다, 신부님이 어린 여자 아이들을 성추행 했다

얼마나 힘든 길이었으면 그렇게라도 하실까?

천국에 대해서 자비에 대해서 사랑에 대해서 많은 말을 하셨다 할 말이 없을 때까지 말을 만드시며

목욕탕 자동때밀이기계가 있어 손이 닿지 않는 곳까지 때를 밀 수 있다 죄를 미는 기계 죄를 벗기는 기계는 없을까 힘드신 목사님을 위해 스님을 위해 신부님을 위해

그분들도 한 번 씩 밀면 좋을텐데 인간인지라 스스로 힘든 부분이 있으실텐데

우리 외할머니 절에도 교회에도 성당에도 가시지 않았는데 지옥에 가셨을까? 1924년생 정갑임여사, 사는 게 죄라며 힘들어 하셨는데

박쥐는 미래다

박쥐는 포유류이며, 포유류 중 유일하게 날 수 있는 동물이다 박쥐는 미래다

눈 먼 남편과 6개월 된 아들을 버리고 나간 여자, 아들(대건)도 자라면서 아빠처럼 눈이 멀기 시작한다, 아버지는 이미 빛을 잃은 지 오래, 어둠 속에서 아들을 밝게 키운 박쥐 아빠, 흡혈박쥐는 부상당해 움직일 수 없는 박쥐에게 자신의 피를 토해 먹여 살린다, 그 대건이가 자라, 실낱같이 보이는 한 쪽 눈으로 아버지의 밥을 차려주고 있다 다큐멘터리에 나오는 그 부자가 내 눈을 멀게 하는데

사람은 눈으로 보는 것인가?
보이지 않는 것을 볼 수 있는가?
보이는 것을 제대로 볼 수 있는가?

박쥐는 앞을 보지 않고 날 수 있는 유일한 새다 박쥐는 귀로 볼 수 있기 때문에 밤에 날아다니며 음식을 구한다 고요가 박쥐의 눈이다

시월

네가 떠나고 다시 볼 수 없을 때 나는 함양에 갔다고 할 것이다 함양시장 입구 황태해장국집 지나 가을볕에 꼬들꼬들 잘 마른 할머니들이 내놓은 산약초 좌판을 지나 병곡순대 집에 갔다고 할 것이다

오다가 진주 중앙시장 사거리 리어카에 튀김옷 입고 끓는 기름에 정갈하게 몸을 눕힌 새우와 고추를 한 입 물고 골목 안 제일식당을 지나 하동집에서 양은냄비에 졸복 지리 한 그릇 먹고 왔다고 할 것이다

그리고 어디로 갈지 몰라 서성거리다가 해질녘 남강 둔치에서 유등을 한참이나 보았다고, 축제마다 떠돌던 각설이들 다 팔아도 남는 것도 없던 사람들 등 뒤로 해 지는 남강을 바라보며

거제로 돌아와 처음 신혼살림을 차렸던 능포, 새마을식당 지나 어린 딸을 업고 해풍을 잠재웠던 방파제에 앉았다가, 낚시꾼에게 오늘 무슨 고기가 많이 잡히냐고 물어 보았다고 말할 것이다 텅 빈 어망에 내 마음 머물렀다고

십월의 비읍이 바람 따라 사라진 시월, 세월

장고長考

여든이 넘으신 장인
한 달 가까이 폐렴으로 입원하시고
허허로운 세월의 야속함을 준비하고 있었다
생과 사의 샅바싸움에서 질긴 인연을 이어
생기를 회복하시고 집에서 흰 돌을 잡는다
폐에서 울리는 낮은 저음의 현의 가락을 들으며
마주앉아
삶과 죽음을 논한다
이 길이 삶의 길이옵니까?
죽음의 길이옵니까?
사석이 부활하니 나는 살고
당신의 삶이 흔들리니
죽음 가까이 삶의 길이 있습니까?
한 수를 놓고 장고에 들어간 장인
고개를 흔들며 입에서는 알아듣지 못할 말들을 늘어놓으시며
패霸의 수순을 밟으신다
삶과 죽음이 한 수 한 수에 바뀌며
마지막 순간까지 생의 끈을 놓지 않으시는
서부의 사나이 장고 죽음의 강을 바라밀다波羅蜜多
언제나 복기는 후회의 잔치

내가 못한 길을 너는 가야한다
불계패를 받아들이고 돌을 가르며
넉넉한 웃음을 지어주신다

바라나시 갠지스강가에서

아우랑가바드 엘로라 석굴을 몇 천 년 전부터 깨고 있는 석공
들, 수십 억 년의 돌을 죽는 순간까지 깨고 깨서 만든 붓다, 지
울 수 없는 죄를 지으면 돌로 태어나고, 사람에 의해 돌이 붓다
가 되면 돌은 사람이 되고, 사람은 태어난 죄를 지우고 또 지우
면 비로소 거룩한 브라만으로 다시 태어난다고 믿는 불가촉 천
민들, 돌을 만지는 손에 못정이 꽂힌다 허튼짓 하지 말라고, 내
죄 돌에 박힌다

인도 아우랑가바드에서 바라나시로 가기 위해 기다리는 대합
실에서 버린 플라스틱 병을 주워 파는 10살 남짓 소년을 만났다
한 달 가량은 빨지도 않은 옷 사이로 해맑게 웃고 있는 소년

바라나시 갠지스강에서 염소 시체가 떠다니는 그 강물에 죄를
씻고 있는 할아버지의 미소에서, 죽음을 비켜갈 수 없는 고통을
건너갈 수 없는 흘러가는 꽃잎 불꽃을 만났다

그 소년과 그 할아버지들을 그 석공들을 버려두고 돌아왔다
다시 한국으로 돌아왔다

'너의 췌장을 먹고 싶어'라는 영화를 딸과 아내와 함께 볼 수

있다는 것으로 정해진 시간에 오는 버스를 타고 정결한 음식을
식당에서 먹는 것으로 나는 위로 받지 못했다

그 소년이 할아버지가 불가촉 천민들의 영혼이 인도의 공기
와 함께 들어와 내 심장에서 피에서 꿈틀거렸다 바라나시 갠지
스 강물이 이미 흐르고 있었다 기억보다 몸이 느끼는 것, 바라나
시 갠지즈강 시체 타는 연기가 스며들었다 누군가가 물었다 혹
시 인도 갔다 오셨지요?

우리 어머니

너무 크게 웃지 말아라

비 오면 젖은 어미 새 울고
날 맑으면 애기 달팽이 운다

실눈 뜨고
천천히 보고
천천히 말해

우산장수 솜사탕장수 아들 둔
우리 어머니

자동문

다치지 않게
상하지 않게
당신이 오기 전에
열고
따뜻하게 닫고
소리 없이 미소를 머금고
눈을 감고
당신의 발자국소리를 들으며 기다리고
언제나 나갈 수 있도록
따뜻하게 열고
소리 없이 닫고

당신을 향한 나의 센서
잠들지 않는

순아 보름달이다!

순아 보름달이다 산책가자

햇볕에 그을린 잎들 달빛으로 마사지 받는
나무들 사이 에움길 걷자

소리로 더듬으며 사랑을 속삭이는 풀벌레들
달달한 소리들 들으며
손을 잡고 걸어보자 보름달이다 순아

문동저수지에 비추어 매무새 끝내고
새색시처럼 앉아
바람에 머리 풀고 부끄럽게 고개 돌린
보름달을 맞이하자

순아 보름달이다
어느새 아기들 자라 어른이 되어 떠나고
철없던 우리도 가을처럼 비어 있다
가볍게 걸어 보자

미운이 고운이 달 항아리에 담아

달보드레한 식혜 한 잔 나누어
남은 날 두 손 모아 빌어보자

순아 보름달 같은 순아

우리들의 회장님

나는 S사의 회장을 존경한다 저희가 위안을 받기 때문이다

아무리 많은 돈을 가지고 있어도 사람이 얼마나 불행할 수 있는지 보여주셨으며 저희가 위로를 받았기 때문이다

쓰러지기 전 그는 하루 저녁 쾌락을 위해 오백만원씩을 주고 다섯 명의 여자를 불렀다지 죽을 때까지 써도 다 쓰지 못하는 돈이 아까웠을까? 하루에도 몇 십 억씩 불어나는 이자가 부담스러웠을까?

객지에 사는 딸들이 단톡방에 올린 애교사진을 보며 짠맛이 스며드는 느낌을 그도 알고 있을까? 신혼 때 짜장면 한 그릇을 쉽게 사먹지 못해, 아내 모르게 미안하다고 말한 독백을 그도 한 적이 있을까?

산소 호흡기에 의지하여 하루에 몇 백 만원의 연명치료를 받으며 삶을 이어가고 있는 그 병실에 오늘도 젊은 처녀들을 불렀을까?

오빠 힘내세요 우리가 있잖아요!

\>

    오늘도 저희에게 살아갈 힘을 주기 위해 죽지 못하는 그를 존경한다 우리들의 회장님

따뜻함에 대하여

사람을 만나
슬픔에 대하여 말할 정도로
가까워지면
두렵다

위로할 수 없는 슬픔은
두렵다
위로 받지 못하는 슬픔은
고독하다
슬픔은 슬픔을 부른다

오래된 당신
슬픔을 갈비뼈 안 쪽 끼워놓고
슬픔에 대하여 말하지 않는
당신 만나면
따뜻하다

슬픔이 퇴화되어
슬픔이 슬픔도 아닌 것이 되어버린
당신

만나면 따뜻하다

보이지 않는 슬픔이
슬픔을 위로하고
말없이 건네는 손
따뜻하다

산벚나무

깊은 산 속 벚나무 한 그루
바람이 전해 온 이야기

남편과 사별하고 홀로된 과부
살가운 머슴이었던 당신과 사랑에 빠져
깊은 밤 시부모 몰래 손잡고 떠난 길
다시 돌아올 수 없는 길

해마다 봄이 되면 고향 생각에
"여보! 벚나무 한 그루 심어주시어요"

그 꽃 보며 화전 일구며
삶의 겨울 버티다
재처럼 사라진 어느 여인의 영혼

해마다 봄이 되면
바람에 실어 꽃잎 되어
눈물 뿌린 자국

산 속 깊이 뿌리 내린

여인의 눈물 닮은

벚나무 한 그루

주인도 없이 홀로 핀

산벚나무 한 그루

연인

바람이 죽으면 나무가 된다

나무는 뿌리를 내리고 바람을 머물게 하고

바람은 나무를 흔들어 다시 바람을 만든다

당신은 나에게 머물지 못하는 사람이라는 것을 너무 늦게 알았다

나무가 흔들리며 슬픈 영혼을 감싸면 깎이고 깎여 의자가 된다

의자가 되어 바람의 몸을 껴안기 위해 기다리는 시간이 쌓여

비로소 누군가의 눈물이 의자에 떨어지면 다음 생에 사랑하는 사람과 인연이 된다

어쩐지 당신 품이 편안했어

프리다 칼로를 위한 노래

흰 바탕과 검은 선 검은 바탕과 흰 선, 우리는 늘 목말라, 검은 선 속의 빨갛고 파랗고 노란 점과 선, 선들의 굵기와 색의 명도가 다른, 만날 수 없었던, 흰 선 속의 분홍빛, 갈매빛, 하늘빛 색들의 무관심이 만들어 놓은 정열의 꽃, 알 수 없는 죽음과 부질없는 원들, 질기고 질긴 선, 선의 그늘이 만들어 내는 색, 무엇이 되어 사라졌을까?

분홍색만으로 만들어 질 수 없는 희망

당신과 나의 떠도는 영원의 눈빛, 살고 싶어요!

이 외출이 행복하기를 그리고 다시 돌아오지 않기를*

* 프리다 칼로의 죽기 전 일기장에 쓴 마지막 글.

'시'들이 '집'으로 가는 길에는 그리움이 가득하다

송민수 작가(『도대체 내가 뭘 읽은 거지?』(들녘) 저자)

'시'들이 '집'으로 가는 길에는 그리움이 가득하다

송민수 작가(『도대체 내가 뭘 읽은 거지?』(들녘) 저자)

『사랑의 기쁨』과「즐거운 나의 집」

"그가 시들이 옹기종기 모여 있는 집을 만든 것처럼 따뜻한 밥그릇 앞에 놓고 함께 웃을 수 있는 집으로 갈 수 있기를 바란다."

이복규 시인의『사랑의 기쁨』을 읽고 쓴 시평의 마지막 문장이었다. 나는 그의 시에서 '집'에 주목했다. 그가 시를 통해 표현한 집은 쓸쓸하고, 허전한 곳이었다. 나는 차가운 집안에서 그리움에 울다 지친 그를 응원하고 싶었던 것이다. 하지만 나는 그의 시를 잘못 읽었다. 그의 시를 몇 번을 더 읽고 나서야 내가 쓴 시평이 나의 고정관념의 표현이었음을 깨달았다. 나는 온전하고 따뜻하고 안전한 집의 관념에서 벗어나지 못하고 있었던 것이다.

나는『사랑의 기쁨』을 '집'으로 가는 여정으로 읽었다. 집은 사회를 이루는 가장 작은 공동체이다. 우리는 안전하고 따뜻한 집을 당연하게 여긴다. 집은 부모와 자식들의 안락한 보금자리로 서로 웃으며 따뜻한 밥을 함께 먹어야 하는 곳이어야 한다. "즐거운 곳에서는 날 오라 하여도 내 쉴 곳은 작은 집 내 집뿐이리~"「즐거운 나의 집」이라는 노래의 가사다. 하지만 그런 집이 어디 있을까? 예전에는 이 노래처럼 따뜻하고 즐거운 나의 집을 꿈꾸었지만, 지금은 그저 꿈일 뿐이라는 사실을 잘 알고 있다. 많은 사람들이「즐거운 나의 집」을 바라지만, 사실 그런 집은 극히 드물다. 모두에게 자상한 김부장은 가족들 앞에서 권위적이고, 모두의 마음을 이해하고 배려하는 박여사는 남편과 자식들의 마음을 이해하지 못하고, 모두에게 착하고 많은 일에 성실한 서연이는 부모님에게는 답답하게 굴고, 집에서는 게으르다. 하지만 우리에게 가족이 어떠해야 한다는 관념은 뿌리가 깊다. 당위로서 행복한 가족의 모습은 광고와 드라마뿐만 아니라, 결혼해서 행복하게 잘 살았다는 옛날이야기들 속에도 넘쳐난다. 어쩌면 우리들은 마땅히 어떠해야 하는 가족의 모습에 우리 자신을 구겨 넣으려고 애쓰고 있는지도 모른다.

각자의 외로운 집

좁은 구멍에 끼여 숨을 쉴 수 없었던 아버지의 집
— 「가출」 부분

식구들도 없어 끼니도 거르고
— 「마약 같은 봄날」 부분

살아서도 컴퓨터 자판 같은 집을 벗어나지 못하더니

　　— 「천자원天子園」 **부분**

집에 오면 보지 않는 텔레비전을 켜놓고 나는 멀리 있는 사람을 그리워하며 추억에 후회와 외로움을 섞어 보듬으며 시간을 보내곤 하였다

　　— 「별들이 속삭이는 어느 날」 **부분**

우리는 같은 시간과 공간을 사는 게 아니라 다른 공간에서 같은 기억의 방에 머물고 있는 것이지요

　　— 「여름」 **부분**

『사랑의 기쁨』에는 마땅히 어떠해야 한다는 틀에 갇힌 가족이 등장하지 않는다. 시인에게 집은 「가출」, 「마약 같은 봄날」, 「천자원天子園」, 「별들이 속삭이는 어느 날」, 「여름」에서처럼 각자의 공간일 뿐이다. 시인의 집에는 그를 반기는 가족이 없다. 온기가 없다. 그는 마땅히 어떠해야 하는 가족이 아니라, 지금 어떠한 가족의 모습을 고스란히 담아낸다. 보지 않는 텔레비전을 켜놓고, 식구들도 없어 끼니도 거르고, 각자의 외로움을 견디다 아무렇지도 않은 것처럼 짧은 미소로 다시 혼자가 되는 것이 우리 주변의 흔한 가족의 모습이다. 우리는 숨쉬기 힘든 컴퓨터 자판 같은 집에서 같은 시간과 공간을 사는 게 아니라 다른 공간에서 같은 기억의 방에 머물고 있는 것이다. 그의 관찰한 집은 가족 서로가 아니라 각자가 자신의 외로움을 보듬는 곳이다.

「민달팽이의 꿈」은 우리 사회의 다양한 집의 모습을 사람들을 통해 보여준다. '집을 벗어나기 위해 몸부림치는 청소년들', '내 집 마련을 위해 사는 부부들', '불이 난 고시원에서 공기마저도 제대로 마시지 못해 사라진 일용직 사람들', '크레인에 둥지를 틀고 고공농성 중인 노동자들', '세상을 집으로 가진 노숙자들', '태어난 것이 부끄러워 집으로 돌아가지 않는 아이들'까지 이들에게 집의 의미는 다 다르지만, 따뜻하고 포근하게 가족들과 함께 쉴 수 있는 집은 아니다. 이들에게는 제대로 된 집이 없다. 시인 역시 「민달팽이의 꿈」에서 '비올 무렵 민달팽이 나뭇잎 위를 걷는다 민달팽이 느릿느릿 윤기 나게 걸어가는 생이 환하다. 이 밤 어디서 잘까?'라며 집 없는 민달팽이를 긍정적으로 묘사한다. 그는 '엄마가 없는 집에 딸들을 객지에 두고 민달팽이처럼' 집으로 돌아간다. 그의 시 「가족」을 보자.

외로움에 면역 된 사람들 외로움이 옷이 된 사람들 홀로 죽음을 맞이하고 죽은 지 한참이 지나 발견되는 사람들

관계란 각자의 외로움을 견디다 아무렇지도 않은 것처럼 짧은 미소로 다시 혼자가 되는 변기에 버린 물에 빨려 내려가는 파리처럼 헤어진다

다시 보지 못하는, 탈수기에 빨려나가는 물, 생활비가 통장으로 빠져나가고 가끔씩 잔고를 확인하며 마이너스 통장에서 마이너스 통장으로 옮겨가는 슬픔들의 이삿짐

추억을 공유했던 사람들 조금씩 줄어들고 할 말이 사라지는 즈음 누군가의 부고를 알리는 메시지, 잠시 생각에 잠겼다가 텔레비전을 켠다 전기장판의 온도를 한 칸 올린다

　외로움도 익숙해서 더는 쓸쓸함도 없을 무렵 일회용 컵라면에 물을 붓는다 후후 불어가며 뜨거운 국물을 먹는다
　ㅡ「가족」 전문

　시의 제목이 분명「가족」이다. 신문지상에 나오는 쓸쓸한 죽음들과 의미 없는 미소로 서로의 안부를 확인하는 관계, 그리고 생활에 치여 사는 사람들이 모여「가족」이라는 시를 이루었다. 그러게 서로가 서로에게 할 말이 사라지는 무관심이 쌓이고, 외로움과 쓸쓸함을 홀로 견디다 그것도 무뎌져버린 사람들이 함께 살며 '가족'을 이루고 있다. 참으로 흔한 풍경의 집의 모습이지만, 인정하지 않고 받아들이고 싶지 않은 우리들의 '가족'이 발가벗고 있는 것이다.

　시인은 각자의 외로운 집을 회피하지도 부정하지도 않는다. 그의 시집『슬픔이 맑다』에서 슬픔을 회피하지 않고 그대로 받아안은 것처럼, 그는 집을 있는 그대로 받아들인다. 그는「마약 같은 봄날」에서 "보고 싶은 대로 보지 말고 보이는 대로 보라고 제발 가만히 두란 말이야"라고 외친다. 나는 집은「즐거운 나의 집」이어야 한다고, 내가 보고 싶은 대로 보기 위해 보이는 것을 외

면하고 있었던 것이다. 어쩌면 나는 보고 싶은 것으로 내 눈을 가리고, 보이는 것에서 괴로움을 키우고 있었던 것은 아닐까? 하지만 시인은 온기가 없는 집을 보이는 대로 그대로 보면서 '시'를 썼다. 그리고 자신이 쓴 '시'들을 모아 '집'을 만들었다. 그가 만든 시'집'은 그의 집과는 다를까?

'집'에서 '시'로 가는 길

나는 이복규 시인의 '시집'을 읽고, '시'와 '집'을 생각했다. '시'가 닿을 수 없는 이상이라면, '집'은 만들어가야 할 현실이다. 하지만 시인에게 시는 가깝고 집은 멀기만 하다. 어쩌면 그는 시 때문에 집에서 멀어졌을지 모른다. 아니, 어쩌면 그는 시를 통해서 집으로 가고자 하는 것은 아닐까?

『사랑의 기쁨』에는 '시'와 '집'을 소재로 한 시들이 많다. 「생명의 은인」을 보자.

정진규 시인은 나를 여러 번 살리셨다 대학교 2학년 때 그동안 써 온 습작시 두 권을 드렸는데 쓰레기통에 버리면 된다고 하셨다, 결혼식 주례를 부탁하러 인사동 현대시학 사무실에서 선생님은 아내에게 시를 쓴다며 직장을 그만둔다고 하면 헤어지라고 하셨다, 꿈은 언제나 멀리 있어 밤길을 걸을 때 '별들의 바탕은 어둠이 마땅하다'고 가슴에 새겨 주셨다, 세상의 쾌락에 빠져있을 때 '이별'로 경계에서 서성거리는 인간됨을 가르쳐주시며 집으로 눈을 돌리게 하셨다, 시간은 가는 것이라며 '몸'의 진실됨을 잃지 말라 하셨다. 내가 별 볼 일 없는 시인이 되었을 때도 현대시학에 부끄러운 시를 실어주시며 시 같은 거 별 거 아니라고, 아니라고 하시며 정작 당신은 숨이 다할 때까지 시를 살리셨다, 그런 그가 떠났다 시만 남기고 시의 몸만 남겨놓고. 어쩔 수 없이 죽을 때까지 시를 쓰도록 하시고.

* ' ' 안의 시어는 정진규 시인의 시 제목이거나 시어.
— 「생명의 은인」 전문

그의 스승인 정진규 시인은 그가 써 온 습작시 두 권을 쓰레기통에 버리면 된다고 했다. 집으로 돌아가라는 속 깊은 뜻이었다. 너무 이상만을 좇으며 살지 말라는 뜻이었을 것이다. 하지만 그의 스승은 그에게 '집'으로 가라고 하면서도 '시'를 보여주었다. 스승의 모순된 마음은 '시' 때문에 가능한 것이 아닐까싶다. 현실에 충실한 삶을 통해 평범한 행복을 느끼며 살기를 바라는 스승의 마음도 진실일 것이다. 또한 시를 통해 이상을 추구하는 괴로움과 그 속에서 느끼는 아름다움을 보여주고 싶었던 스승의 마음도 진실일 것이다. 그는 시에서 눈을 떼지 못한 채로 집으로 눈을 돌렸다. 결국 어둠이 마땅한 삶 속에서 별거 아닌 시를 죽을 때까지 쓰게 만들고, 시간은 가는 것이라며 '몸'의 진실됨을 잃지 말라던 스승이 떠났다. 그리고 아직도 제대로 집으로 가지 못하는 그는 벌써 세 번째 시의 집을 만들었다. 그의 시는 시와 집 사이의 경계에서 흔들리며 쓰였고, 그의 시에는 경계에서 서성거리는 인간됨이 담겼다.

　그의 시 「가출」에도 시와 집의 이야기가 담겼다. 머무는 순간 삶이 없기 때문에 새는 집이 없다. 그럼에도 불구하고 그는 시들이 원치 않는 시들의 집을 짓는다. 새와 시는 집에 머물지 않는다. 머물지 못하는 그의 시들은 먼 산을 보며 그가 만든 집을 떠난다. 아이들이 떠난 집에서 아이들의 웃음소리를 들고 와 비추는 겨울 거실의 햇빛처럼 집은 비어있고, 빈 집에는 그리움이 가득하다. 아마도 한 때, 그와 그의 시들은 서로 뜨거웠을 것이다. 어느 순간일까? 그의 시들이 그를 낯설어 하게 된 것은.

　시인은 「별들이 속삭이는 어느 날」 보지 않는 텔레비전을 켜놓고 멀리 있는 사람을 그리워한다. 당신이 멀리 있어 '시詩'들이 가까워졌다고 말하는 시인에게 집은 후회와 외로움이 가득한 공간일 뿐이다. 차가운 집에서 그는 홀로 그리워하며 그리움에 불을 피우며 손을 데운다. 그리움은 그의 집과 시 모두를 가득 채우고 있다. 「사랑의 기쁨」 곳곳에 담긴 그리움은 어쩌면 시와 집이 흔들며 맞닿은 교집합일지도 모른다.

출렁이고 일렁이며 반짝이는 그리움

　울어라 귀뚜라미야 너를 찾아, 온 우주가 같이 울어주는 저 울음의 짝을 향해
　— 「귀뚜라미」 부분

아! 비가 내리는 장마에도 목마름이 우리였죠 꽃잎이 떨어지는 그해 여름, 우린 함께 비를 불러 가을을 기다렸죠 긴 여름 백일홍이었던 당신

　　— 「백일홍」 부분

나도 보이지 않고 너도 보이지 않는 그 밤에 별들과 함께 눈을 감았다가 뜨면 가끔 눈물이 맺히기도 하지 네가 생각이 나서 그래,

　　— 「감는다」 부분

그리움의 넓이가/ 그 사람의 말을 줄이게 하지/ 말없이 그리워하는 것들/ 마음껏 그리워하며/ 떠도는 섬

　　— 「지심도」 부분

푸른 잎들이 만들어 놓은/ 그리움의 핏줄/ 당신에게 흘러 갑니다

　　— 「유流월月」 부분

오늘은 저녁을 굶고/ 당신만 바라 볼 겁니다/ 꽃 피기 전 그 보드라운 손으로/ 저를 쓰다듬는 그 눈부신 순간을……

　　— 「꽃 피기 전」 부분

피어선 지는 흩날리는 꽃보다/ 꽃 피기 전 당신 바라보는 마음이 더 붉지요

　　— 「약속」 부분

『사랑의 기쁨』은 그리움의 기쁨일지도 모른다. 그의 시에는 그리움이 가득하기 때문이다. '그립다'는 보고 싶거나 만나고 싶은 마음이 간절한 상태다. 그리움은 부재를 향한 것이다. 그의 시 「지심도」에서도 '쉽게 만날 수 없어야 그리움이 된다'고, 「유流월月」에서도 '당신이 멀리 있어 그리움이 흐른다'고 했다. 존재하지 않는 것―그것이 지나가 버린 과거의 것이든지 처음부터 존재한 적도 없는 것이든지―을 보고 싶거나 만나고 싶은 마음은 괴로움을 동반한다. 그의 그리움도 애틋함(약속)으로 목마름(백일홍)으로, 그리고 통곡(귀뚜라미)으로 이어지며 출렁인다. 「다시 태어난다면」에서 그의 그리움은 강렬한 슬픔이 되어 더욱 출렁인다.

　　여자로 태어나, 자궁 안에서 너의 잉태된 슬픔을 꼭 껴안아 등을 토닥거려 줄 것이다 네가 태어나도 슬퍼할 겨를이 없도록, 설령 어느 날 세상 일이 그렇듯 너에게 슬픔이 오는 날이면 나는 너의 얼굴을 젖가슴으로 감싸 안아 눈물이 내 살에 닿아 스미도록 안아줄 것이다 슬픔의 슬픔까지도 숨 쉴 수 없도록……내가 여자로 태어난다면 자궁으로 감싸 안아 젖을 물리고 당신은 나의 전부라고, 할 수만 있다면 내가 당신을 낳고 싶다고, 그렇게 고백할 것이다 당신에게 잉태된 슬픔을 꼭 껴안아 당신이 태어나도 슬퍼할 겨를이 없도록, 새가 바람의 알을 품어 바람을 날려 보내듯이……

　　― 「다시 태어난다면」 전문

그리움과 슬픔 깊이가 얼마나 깊으면, 다음 생의 슬픔까지 숨 쉴 수 없도록 하고 싶은 것일까? 하지만 그의 그리움이 거세게 출렁거리기만 하는 것은 아니다.

그의 그리움은 부재의 슬픔을 응결시켜 승화시킨다. 그는 "슬픔은 기쁨에게 자리를 내어주고/ 저만치서 손을 흔들어"(「꽃 피기 전」) 준다고 이야기한다. 그리움은 "주인도 없이 홀로 핀/ 산벚나무 한 그루"(「산벚나무」)로, 또 "나무가 흔들리며 슬픈 영혼을 감싸면 깎이고 깎"(「연인」)인 의자로 승화되기도 한다. 그렇게 그리움의 끝에 서서 그는 "당신 만나고 돌아오는 바람에게/ 손을 뻗어", "아무도 모르게 미소 짓는"(「유流월月」)다. 그는 그의 시 곳곳에서 '바람'을 통해 그리운 대상을 만난다. 결국 슬픔과 "그리움의 넓이가/ 그 사람의 말을 줄이게"(「지심도」) 하고야 만다.

사람을 만나
슬픔에 대하여 말할 정도로
가까워지면
두렵다

위로할 수 없는 슬픔은
두렵다
위로 받지 못하는 슬픔은
고독하다
슬픔은 슬픔을 부른다

오래된 당신
슬픔을 갈비뼈 안쪽 끼워놓고
슬픔에 대하여 말하지 않는
당신 만나면
따뜻하다

슬픔이 퇴화되어
슬픔이 슬픔도 아닌 것이 되어버린
당신
만나면 따뜻하다

보이지 않는 슬픔이
슬픔을 위로하고
말없이 건네는 손
따뜻하다
— 「따뜻함에 대하여」 전문

　얼마나 수많은 시간을 고독하고, 쓸쓸해야, "슬픔이 퇴화되어 슬픔이 슬픔도 아닌 것이" 될 수 있을까? 슬픔을 드러내지 않는 순간은 슬픔의 해일이 수없이 모든 것을 밀어내고 나서야 온다. 승화란 고체가 액체의 단계를 거치지 않고 기체로 변하는 현상이다. 어쩌면 시인은 외로움과 슬픔이 승화되어 정제된 아름다움으로 반짝이는 순간을 잊지 못하는 것이 아닐까? 그의 '시집'에 담아낸 쓸쓸하고 외로운 집도, 절절한 그리움도, 시에 대한 그의 짝사랑도 모두 그 반짝이는 순간을 향하고 있는 것은 아닐까?

순아 보름달이다 산책가자

햇볕에 그을린 잎들 달빛으로 마사지 받는
나무들 사이 에움길 걷자

소리로 더듬으며 사랑을 속삭이는 풀벌레들
달달한 소리들 들으며
손을 잡고 걸어보자 보름달이다 순아

문동저수지에 비추어 매무새 끝내고
새색시처럼 앉아
바람에 머리 풀고 부끄럽게 고개 돌린
보름달을 맞이하자

순아 보름달이다
어느새 아기들 자라 어른이 되어 떠나고
철없던 우리도 가을처럼 비어 있다
가볍게 걸어 보자

미운이 고운이 달 항아리에 담아

달보드레한 식혜 한 잔 나누어

남은 날 두 손 모아 빌어보자

순아 보름달 같은 순아

— 「순아 보름달이다!」 전문

그는 산책을 가자고 한다. 아기들 자라 어른이 되어 떠나 엄마
가 없는 집이 더 편해지고, 철없이 그리움에 울던 우리도 가을처
럼 비어 있다. 마침내 그의 그리움은 "미운이 고운이 달 항아리
에 담아 달보드레한 식혜 한 잔"에 담겨 일렁이며 반짝인다.

효원동에는 김세중(1928–1986) 미술관 '예술의 기쁨'이 있다.
부부가 함께 살던 집을 기증해 2015년 남편의 미술관을 세운 것
이다. 광화문 사거리 큰 칼 차고 서 있는 이순신 장군의 동상을
새긴, 조각가 김세중 씨의 아내는 시인이었다 시인은 구십이 넘
은 나이에도 남편을 시처럼 지키고 계셨다. 미술관 마당 수백 년
넘은 상수리나무 한 그루에는 부부의 정보다 더 깊고 넓은 기쁨
있어 차마 베지 못하고 나무 주위로 미술관을 지었다고 한다. 시
인과 조각가의 사랑이 연하고 연하여 나무 옆에 전시된 기도하
는 수녀상의 쇠마저 나뭇가지처럼 연하고 연하여 부드럽게 흘
러내린다. '예술의 기쁨'은 사랑의 기쁨을 이기지 못한다 그녀
의 시는 사랑 때문에 아직 살아 있고 '심장이 아프다', 그것을
'아무도눈치채지못한다' 아무도 눈치 채지 못한다 아무도 아무
도 아무도雅舞道

* 『심장이 아프다』–김남조 시인 17시집 제목.

* 아무도눈치채지못한다–미술관 벽면에 걸린 문구.

— 「사랑의 기쁨」 전문

'예술의 기쁨'이 사랑의 기쁨을 이기지 못해서일까? 그는 별볼 일 없는 자신의 '시'를 아끼며 사랑하며 살아간다. 그 놈의 사랑 때문에 그의 시는 아직 살아 있고, 그의 심장은 지금까지도 아픈 것이 아닐까?

그는 시와 집 사이에서 진동하고 있다. 그가 만든 떨림이 그의 시집 곳곳을 흔들어 사람들 마음속에 작은 울림을 만들어 낼 수 있기를 기원해본다.

이복규 시집

사랑의 기쁨

초판 1쇄 2020년 1월 17일
초판 2쇄 2020년 4월 10일

지 은 이 이복규
펴 낸 이 반송림
편집디자인 김지호
펴 낸 곳 도서출판 지혜 · 계간시전문지 애지
기획위원 반경환 이형권
주   소 34624 대전광역시 동구 태전로 57, 2층 도서출판 지혜 (삼성동)
전   화 042-625-1140
팩   스 042-627-1140
전자우편 ejisarang@hanmail.net
애지카페 cafe.daum.net/ejiliterature

ISBN : 979-11-5728-386-6 03810
값 10,000원

이복규

이복규 시인은 경남 산청에서 태어났고, 고려대학교 국어교육학과와 동대학원을 졸업했으며. 2010년 『서정문학』으로 등단했다. 시집으로는 『아침 신문』과 『슬픔이 맑다』가 있고 현재 거제도에서 고등학교 국어교사로 재직 중이다.

이복규 시인의 세 번째 시집인 『사랑의 기쁨』은 예술보다 사랑에 더 강조점을 두고, 한 시인의 남편에 대한 사랑을 시(예술)로 승화시킨 것이다. 사랑과 예술은 둘이 아닌 하나이며, 아름답지 않은 사랑. 즉, 예술로 승화되지 않은 사랑은 사랑이 아니다.

이메일: lee81570@daum.net